STEAM GUÍA DE
LOS INVENTOS

Kevin Walker

Rourke
Educational Media

rourkeeducationalmedia.com

*Scan for Related Titles and
Teacher Resources*

Antes de leer:

Aumentar el vocabulario académico usando conocimientos previos:

Antes de leer un libro, es importante aprovechar lo que su hijo o los estudiantes ya saben sobre el tema. Esto les ayudará a desarrollar el vocabulario, aumentar la comprensión de la lectura y hacer conexiones a través del plan de estudios.

1. *Mira la portada del libro. ¿De qué tratará este libro?*
2. *¿Qué sabes sobre el tema?*
3. *Vamos a estudiar el contenido. ¿Sobre qué vas a aprender en los capítulos del libro?*
4. *¿Qué te gustaría saber acerca de este tema? ¿Crees que lo puedes aprender con este libro? ¿Por qué sí o por qué no?*
5. *Utiliza un diario de lectura para escribir acerca de tus conocimientos sobre el tema. Escribe lo que ya sabes y lo que esperas aprender.*
6. *Lee el libro.*
7. *En tu diario de lectura, anota lo que has aprendido y tu reacción al libro.*
8. *Después de leer el libro, completa las actividades que aparecen a continuación.*

Vocabulario Área de contenido
Lee la lista. ¿Qué significan estas palabras?

aplicaciones
combustión
composición
comprimir
datos
determinación
dramático
innovación
organización
razonable
transporte
versión

Después de leer:

Actividades de comprensión y de extensión

Después de leer el libro, haga las siguientes preguntas a su hijo o a sus estudiantes con el fin de evaluar el nivel de comprensión de la lectura y el dominio del contenido.

1. *¿Se necesita un título universitario para ser un inventor? (Resumir)*
2. *Una vez que se crea un invento y se hace un modelo, ¿cuál es el siguiente paso? (Inferir)*
3. *¿Cuál es el papel del diseñador de un proyecto? (Preguntar)*
4. *¿Qué significa STEAM? (Texto de auto-conexión)*
5. *¿Quién inventó el primer aire acondicionado?*

Actividad de extensión

Piensa en todos los inventos que leíste en este libro. ¿Cuál te pareció más interesante? Toma ese invento y piensa en las formas en que puedes mejorarlo. Para hacer esto, repasa todos los pasos descritos en el libro. No te olvides llevar un registro de cada paso del proceso para que puedas mejorar con éxito el invento. ¿Funcionó? ¡Ahora quizás puedes pensar en un invento nuevo!

CONTENIDO

INTRODUCCIÓN

Todos los días usamos algo que una vez existió solamente en la imaginación de un inventor.

Puedes presionar un interruptor y una luz se enciende, gracias a Thomas Edison. Puedes ir en un automóvil a la práctica de fútbol, gracias a unos cuantos ingenieros, especialmente Karl Benz. Puedes cubrir grandes distancias rápidamente en un avión, gracias a que Orville y Wilbur Wright nunca se dieron por vencidos para conseguir su sueño por volar. Y puedes caminar por la calle hablando por un teléfono celular gracias a Marty Cooper, un inventor poco conocido.

Thomas Edison
1847 – 1931

Orville Wright
1871 – 1948

¿Alguna vez te has preguntado quién estaba detrás de inventos famosos como el automóvil o el avión? ¿Tienes curiosidad por saber cómo se crean los inventos y después se venden a personas como tú, o como tus amigos? ¿Te interesa ser inventor?

Wilbur Wright
1867 – 1912

Karl Benz
1844 – 1929

LA INVENCIÓN DEPENDE DE STEAM

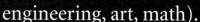

Todos los inventos, desde los cohetes que se envían al espacio hasta un nuevo tipo de estuche para teléfonos celulares, necesitan *STEAM*. La palabra STEAM es la abreviación que usamos para referirnos al conjunto formado por las ciencias, la tecnología, la ingeniería, las artes y las matemáticas (science, technology, engineering, art, math).

Por ejemplo, Orville y Wilbur Wright consiguieron hacer volar el primer avión gracias a sus conocimientos de ingeniería y comprensión científica de la aerodinámica —el estudio de cómo los objetos se mueven a través del aire.

Una mejor pasta de dientes requiere el trabajo de químicos que estudian la composición de la materia. Crear nuevos diseños de ropa requiere una mezcla de arte y destrezas tecnológicas.

¡Datos rápidos de STEAM!

El primer vuelo exitoso del avión de Orville and Wilbur Wright, el *Wright Flyer*, ocurrió el 17 de diciembre de 1903, cerca de Kitty Hawk, Carolina del Norte. Otros habían construido aviones, pero los hermanos Wright fueron los primeros en realizar un vuelo propulsado, a motor y más pesado que el aire.

Los teléfonos inteligentes son otro buen ejemplo del uso de los conocimientos de STEAM para inventar algo nuevo. El teléfono inteligente más popular, el Apple iPhone, salió a la venta en 2007. Actualmente, se usan más de mil millones de teléfonos inteligentes alrededor del mundo.

Un Apple iPhone te permite llamar, enviar textos y correos, y usar Internet, todo desde un pequeño aparato.

¡Datos rápidos de STEAM

Marty Cooper, un ingeniero de Motorola, creó el teléfono móvil en 1972. Él hizo la primera llamada pública con un teléfono móvil desde una acera de la ciudad de Nueva York, el 2 de abril de 1973, ¡a su rival, un ingeniero de los Laboratorios de AT&T Bell!

Los programadores informáticos son especialmente importantes para los teléfonos inteligentes, al crear innovaciones tales como las cámaras digitales, el mensaje de texto, y las **aplicaciones**.

Quizás la utilización más famosa de *STEAM* en las invenciones es el programa espacial tripulado de los Estados Unidos.

Caminar por la Luna fue un logro asombroso. Llegar hasta allí requirió el trabajo de expertos que planificaron el vuelo y construyeron, no sólo la nave espacial sino también el cohete para lanzarla. ¡Eso sí es un trabajo de equipo!

Además del programa espacial, los inventores de la Administración Nacional de Aeronáuticas y el Espacio (NASA) le han dado al mundo otros excelentes productos como:

• trajes de bomberos más ligeros y duraderos

• espuma con memoria en los colchones

• herramientas eléctricas inalámbricas

• zapatos tenis con más amortiguación

• alimentos secos y deshidratados

• frenos dentales invisibles

• conservantes para compotas de bebés

¿QUÉ IMPULSA LA INVENCIÓN?

Casi todos los inventos se crean para mejorar la vida. Tres de las grandes áreas son la asistencia médica, el **transporte** y las actividades diarias.

Algunos inventos tienen un efecto **dramático** en la salud de la gente a nivel mundial. El científico Alexander Fleming descubrió que un hongo podía prevenir el crecimiento de bacterias y esto lo condujo a la penicilina, el medicamento que combate las infecciones. Los científicos que se apasionan por los inventos continúan creando medicamentos para mejorar la salud.

Alexander Fleming
1881 – 1955

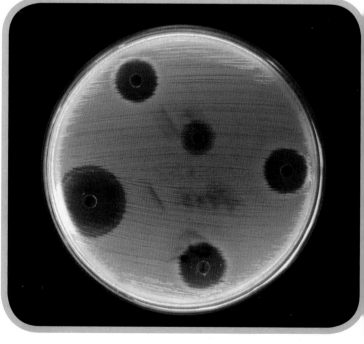

Fleming descubrió por primera vez el potencial médico del moho cuando regresó de unas vacaciones y se encontró que unos hongos habían crecido en un experimento en su laboratorio, matando las bacterias a su alrededor.

Benjamin Franklin
1706 – 1790

Algunos inventos médicos fueron impulsados por intereses personales. Benjamin Franklin inventó el catéter flexible —un tubo delgado que puede ser insertado en el cuerpo— para ayudar a extraer las piedras de la vesícula de su hermano.

Rene Laennac
1781 – 1826

En 1815, el físico francés Rene Laennac inventó el estetoscopio porque tenía una paciente tan enorme, ¡que no podía oirle el latido del corazón al acercar su oído al pecho! Hoy en día los doctores en todas partes usan diariamente el estetoscopio.

Al principio las ruedas fueron hechas de piedra. Las primeras ruedas —que datan del 3.500 a.C.— se usaron como tornos.

El deseo de mejorar el transporte, haciéndolo más rápido y más conveniente, impulsa muchos inventos. Esta idea se remonta a la prehistoria cuando se inventó la rueda.

Siglos después, el sueño de mejorar el transporte dirigió innovaciones de la máquina de vapor a los medios modernos: los trenes, los aviones y los automóviles.

¡Datos rápidos de STEAM!

Algunos inventos son tan extraordinarios, que la gente tiene problemas creyéndolos. En 1895, el físico alemán Wilhelm Conrad Rontgen descubrió los rayos-X. El *New York Times* se burló del anuncio, llamando el avance de Rontgen un "supuesto descubrimiento de cómo fotografiar lo imposible".

Tan temprano como el siglo XV Leonardo da Vinci dibujó máquinas voladoras, pero los principales inventos en el transporte han ocurrido en los últimos 200 años.

Invento	Año del invento
la bicicleta	1790
la motocicleta	1867
el automóvil	1885
el avión	1903
el helicóptero	1940
naves espaciales tripuladas	1969
el transbordador espacial	1981

La primera bicicleta práctica de dos ruedas fue la dresina de madera, inventada por el barón alemán Karl von Drais, en 1817.

Las cocinas modernas contienen una gran cantidad de inventos, incluyendo el horno eléctrico, el microondas y el refrigerador.

Algunos inventos mejoran nuestra vida cotidiana, como los detergentes y los productos de limpieza, los aparatos para el cuidado dental y las bolsas de basura. Las bolsas perfumadas son una invención reciente, ¡y muy agradable!

Otros inventos domésticos incluyen los lavaplatos, los trituradores de desperdicios, los hornos de microondas que pueden preparar comidas en minutos y los refrigeradores que nos permiten almacenar de manera segura la comida en la casa.

¡Datos rápidos de STEAM!

El horno de microondas fue inventado accidentalmente. En 1945, el ingeniero Percy Spencer realizaba unos experimentos con magnetrones, que producen microondas, cuando una barra de dulce en su bolsillo se derritió. Entonces calentó palomitas de maíz y huevos y se dio cuenta de cuán rápido las microondas calientan los alimentos.

Willis Carrier
1876 – 1950

De todos los inventos que mejoran la vida cotidiana, ninguno fue más grande que el aire acondicionado. Inventado por el ingeniero Willis Carrier en 1902, el aire acondicionado hizo más fácil la vida en los climas más cálidos.

El aire acondicionado incluye máquinas y química. Los aires acondicionados modernos usan un refrigerante, un líquido químico que se enfría al pasar de estado líquido a gaseoso. Este proceso lo realiza una máquina que puede **comprimir** el químico.

En la unidad exterior, un refrigerante es comprimido y se convierte a un estado líquido, entonces es impulsado a través de un condensador a la unidad interior donde se evapora y es enviado sobre las serpentinas de enfriamiento a la casa, bajando la temperatura del aire.

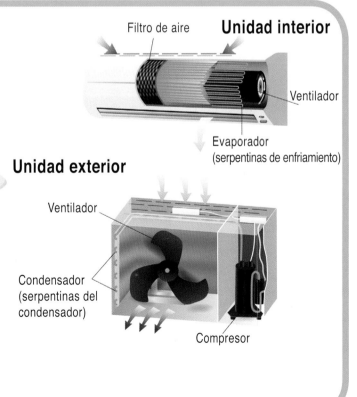

Filtro de aire
Unidad interior
Ventilador
Evaporador
(serpentinas de enfriamiento)
Unidad exterior
Ventilador
Condensador
(serpentinas del condensador)
Compresor

EL PRIMER MODELO

La mayoría de los inventores comienzan creando ellos mismos una primera **versión** de un producto o trabajando con un equipo. El llevar una idea en realidad puede ser un proceso largo.

Por ejemplo, Thomas Edison, como todo el mundo sabe, pasó por más de 2.000 versiones diferentes hasta lograr una bombilla de luz eléctrica segura y confiable. Este tipo de **determinación** es algo que ves en muchos inventores.

En el laboratorio de Thomas Edison se crearon muchos de sus inventos.

Christiaan Huygens
1629 – 1695

Aunque el numbre de un solo inventor es lo más conocido, muchas creaciones nuevas son el resultado de un equipo de personas. Marty Cooper usó las ideas de su equipo de Motorola para crear el primer teléfono móvil. Equipos de diseñadores e ingenieros trabajaron en la creación del Apple iPhone.

Equipos de científicos trabajan en laboratorios para crear inventos como los nuevos medicamentos para combatir enfermedades o padecimientos médicos crónicos.

En ninguna otra parte del proceso de invención parece *STEAM* más importante que en la creación del primer modelo.

Tomemos el bolígrafo. Se intentó cientos de veces crear uno que funcionara. Los inventores lo llevaban intentando desde 1888, hasta que al fin, en 1931, el editor de periódico húngaro Laszlo Biro y su hermano, Gyorgy, un químico, lograron hacer uno que funcionara lo suficientemente bien como para comercializarlo.

¡Datos rápidos de STEAM!

¿Por qué quería Laszlo Biro una nueva clase de pluma fuente? Porque estaba cansado de limpiar el desastre causado por las antiguas plumas estilográficas. En algunas partes de Europa se le llama "biro" a un bolígrafo.

Laszlo Biro
1899 – 1985

Para entender cuán difícil es construir un modelo que funcione, tenemos que saber sobre aquellos que fracasaron.

En 1647, el inventor italiano Tito Livio Burattini creó una máquina voladora con forma de dragón con cuatro pares de alas conectadas. La máquina logró elevar a un gato, pero no a una persona.

Y antes de las máquinas contestadoras y los mensajes de voz, el inventor austríaco Claus Scholz inventó un robot que contestaba el teléfono. ¿El problema? No podía hablar, ¡solamente descolgaba y colgaba el teléfono!

¡ESPERA! ¿Y LAS MATEMÁTICAS Y EL ARTE?

Los científicos, los ingenieros y los expertos en computadoras son mencionados frecuentemente cuando hablamos sobre inventos. ¿Pero y las matemáticas y el arte?

La verdad es que sin las matemáticas ninguno de los trabajos de los inventores sería posible. Todos necesitan entender los conceptos matemáticos.

Charles Babbage fue el primero en trabajar con una máquina mecánica de cálculos. Alan Turing sentó las bases para la invención de la computadora personal. Ambos eran matemáticos.

Charles Babbage
1791 – 1871

Alan Turing
1912 – 1954

Las matemáticas también están detrás de la tecnología. Por ejemplo, casi todo el mundo ha buscado algo en Internet usando *Google*, ¿pero sabías que *Google* usa una matemática compleja —llamada algoritmos— y códigos informáticos para decidir los resultados de tu búsqueda?

En conclusión: antes de realmente crear algo nuevo, los científicos y los ingenieros primero tienen que usar conceptos matemáticos.

```
11   var b = count_array_gen();
12   parseInt(liczenie().unique);
13   var c = array_bez_powt(), a = " ", d = parseInt(
14   function("LIMIT_total:" + d);
15   function("rand:" + f);
16   d < f && (f = d, function("check rand\u00f3\u00f
17   var h = [], d = d - f, e;
18   if (0 < c.length) {
19     for (var g = 0;g < c.length;g++) {
20       e = indexOf_Array(b, c[g]), -1 < e && b.spli
21     }
22     for (g = 0;g < c.length;g++) {
23       b.unshift({use_class:"parameter", word:c[g]}
24     }
25   }
26   e = indexOf_keyword(b, " ");
27   -1 < e && b.splice(e, 1);
28   e = indexOf_keyword(b, void 0);
29   -1 < e && b.splice(e, 1);
30   e = indexOf_keyword(b, "");
31   -1 < e && b.splice(e, 1);
     for (c = 0;c < d && c < b.length;c++) {
       a += b[c].word + " " b.push(b[c].word)
```

(Arriba) El código informático es un lenguaje simbólico que usa texto y números para programar computadoras.
(Abajo) Las matemáticas proveen la base para más avances científicos e invenciones.

El arte es importante para la **innovación**. Un estudio de la Universidad de Michigan concluyó que los estudiantes con educación en las artes frecuentemente crearon nuevos inventos y formaron nuevas empresas.

Max Planck
1858 – 1947

Max Planck, creador de la física cuántica —el estudio de las partículas más pequeñas que componen una cosa— dijo "el científico creativo necesita una imaginación artística".

En la actualidad, muchos científicos protestan contra el corte de fondos para las artes porque conocen la importancia del arte y la creatividad.

El arte es importante no solamente en el diseño de los inventos, sino también, en el mercadeo y venta de los mismos.

Así que, si disfrutas y sobresales en arte y redacción ¡eso no significa que no vayas a tener éxito en las ciencias y las matemáticas! Las artes te pueden ayudar a prepararte mejor para llegar a ser un inventor.

Hacer proyectos de artes y manualidades puede poner de relieve tu lado creativo, y también te puede preparar para liderar y hasta para inventar.

Otros estudios han revelado que la educación en las artes lleva a destrezas tales como la observación, la imaginación, y el reconocimiento de patrones en imágenes y objetos.

¡Datos rápidos de STEAM!

Ningún inventor reunió las artes y las ciencias tan bien como Leonardo da Vinci. El italiano, que vivió en los siglos XV y XVI, creó los primeros modelos para una bicicleta y un helicóptero, y también pintó *La última cena* y la *Mona Lisa*.

Leonardo da Vinci
1452 – 1519

La última cena de Leonardo da Vinci

Fotos de Eadweard Muybridge

Eadweard Muybridge, fotógrafo creativo, inventó cámaras que podían captar objetos en movimiento. Max Fleischer, artista y dibujante de cómics, inventó la rotoscopia, una de las primeras máquinas usadas para hacer películas animadas.

Y Steve Jobs, creador de los famosos productos Apple, creía que el diseño y el arte eran críticos para la creación de nuevos productos.

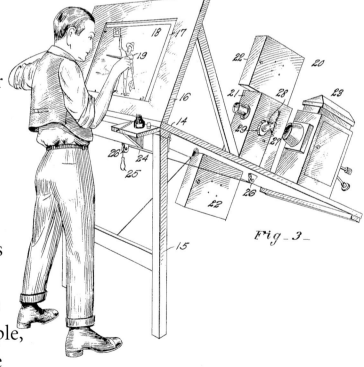

Una ilustración de la rotoscopia, de Max Fleischer. (1883 – 1972)

CÓMO OBTENER UNA PATENTE

Una vez un invento ha sido creado y se ha construido exitosamente un primer modelo, llega el momento de obtener una patente, que registra oficialmente el invento. En Estados Unidos, este proceso se hace a través de la *U.S. Patent and Trademark Office*, Oficina de Patentes y Marcas de los Estados Unidos.

Un paso importante es mantener un registro del proceso usado para crear un invento. También es importante asegurarse de que nadie haya registrado una patente con el mismo invento.

Otra parte importante al solicitar una patente es asegurarse que el producto cumple con los requisitos necesarios para obtenerla.

La ley para patentes explica que son para inventos "nuevos y útiles".

Otra regla importante: No puedes obtener una patente para un invento que ha estado a la venta antes de recibir la patente.

¡Datos rápidos de STEAM

Las batallas por los inventos pueden durar décadas, inclusive siglos. Todavía hay debates sobre quién inventó el teléfono. Un puñado de inventores dijeron haberlo hecho antes que Alexander Graham Bell. Los entusiastas de automóviles todavía argumentan quién merece crédito por el primer motor de automóvil.

Alexander Graham Bell

1847 – 1922

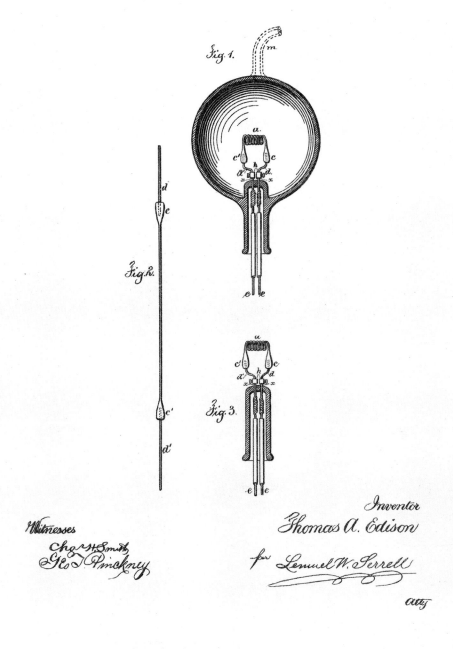

Una de las patentes de Thomas Edison.

Más de medio millón de patentes se aprueban todos los años en Estados Unidos.

Recientemente se han registrado patentes para obtener agua potable del oceáno, para que los automóviles se detengan cuando los conductores no estén prestando atención a la carretera, para robots que semejen animales y para un dron que responda a emergencias médicas.

En algunas plantas desalinizadoras el agua fluye a través de una serie de filtros para separar la sal. El agua se mueve mediante alta presión a través de membranas semipermeables en un proceso llamado ósmosis inversa, que retiene la sal de las moléculas.

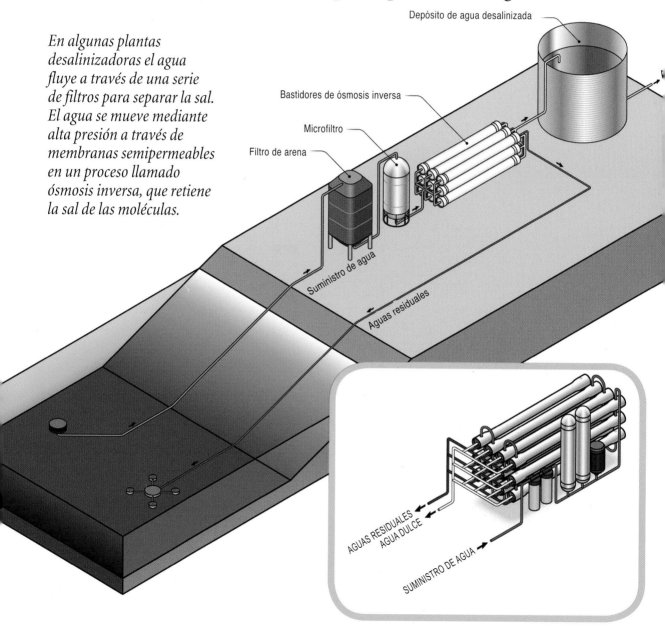

Depósito de agua desalinizada

Bastidores de ósmosis inversa

Microfiltro

Filtro de arena

Suministro de agua

Aguas residuales

AGUAS RESIDUALES

AGUA DULCE

SUMINISTRO DE AGUA

Aunque es algo nuevo, los drones para emergencias pueden ayudar a responder más rápidamente en caso de accidentes, desastres naturales y rescates en montañas. Los drones pueden transportar una "caja de herramientas médicas" y también pueden comunicarse con las personas en el lugar de los hechos usando una cámara a bordo que se conecta al personal médico que opera el dron.

PROBANDO EL INVENTO

Antes de poder comprarlos en una tienda, todos los productos deben pasar por un proceso de prueba. Esto quiere decir que los inventores deben entregar sus inventos a ingenieros y científicos que someten el producto a duras inspecciones.

Tienen que contestar dos preguntas importantes sobre el invento: "¿Funcionará?" y "¿Será seguro?"

Por lo general, hay tres lugares donde se prueban los inventos nuevos, aunque no todos los productos son siempre probados en cada lugar.

El primero es la industria misma. Casi todas las industrias tienen una **organización** comercial, un grupo que promueve la industria y que también puede desarrollar normas de seguridad y rendimiento. A esto se le llama autorregulación.

Un trabajador comprueba una placa de circuito electrónico.

¡Datos rápidos de STEAM!

Uno de los ejemplos más antiguos de la autorregulación es el *Underwriters' Laboratory*, una consultoría de seguridad y certificación de productos, que comenzó en el 1887 y estableció normas de seguridad para los productos eléctricos. Todavía hoy en día administran inspecciones, incluyendo pruebas para asegurarse que los productos son beneficiosos para el ambiente.

El gobierno también juega un papel importante. A través de leyes que crean normas de seguridad, el gobierno garantiza que todos los inventos a la venta son seguros.

Las pruebas, por lo general, las hace el fabricante y las agencias del gobierno supervisan los resultados.

La Administración de Medicamentos y Alimentos Federal, FDA, por sus siglas en inglés, aprueba todos los medicamentos nuevos en Estados Unidos.

Las organizaciones de protección al consumidor examinan los productos para saber si son seguros. Una de las más populares es el *Consumer Reports* que ofrece análisis de todos los productos, desde automóviles hasta aparatos electrónicos.

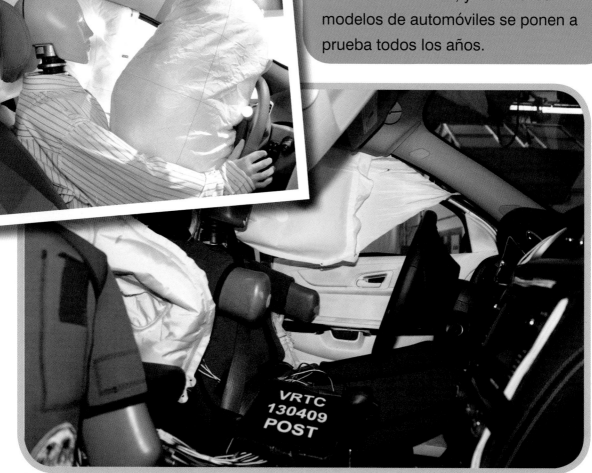

En los ensayos de choques se usan maniquíes equipados con sensores electrónicos para probar la seguridad de cada modelo de automóvil y camión.

Los científicos, sobre todo aquellos que trabajan en el campo de la química y la biología, crean nuevos medicamentos que ayudan a las personas a combatir enfermedades y padecimientos de salud.

La aprobación de medicamentos toma tiempo. Los inventores deben primero experimentar con el medicamento, enviar sus hallazgos al gobierno, probar los medicamentos en animales o en un laboratorio, y por último probar los medicamentos en grupos pequeños de personas, para entonces lograr la aprobación final.

Inventar un medicamento nuevo puede tomar años de trabajo en el laboratorio y muchas pruebas.

DISEÑO Y MERCADEO DE LOS INVENTOS

Una vez un producto es aprobado para la venta al público, otras personas con destrezas *STEAM* entran en acción.

El diseño de un producto es importante y es en esta parte del proceso que aquellos con destrezas artísticas muchas veces se unen al proyecto. Equipos de diseñadores desarrollan la apariencia de un producto, desde la envoltura hasta el logo.

Después de diseñar un producto y cuando ya está listo para la venta, el departamento de mercadeo interviene. Sus esfuerzos, a menudo llamados "campaña de mercadeo", son los que llaman la atención del consumidor.

El mercadeo también requiere destrezas *STEAM* —en particular matemáticas, tecnología y arte.

La estrategia de mercadeo implica la creación de un mensaje general y planificado que se distribuye a través de sitios web, redes sociales, televisión, radio y publicaciones impresas.

¡Datos rápidos de STEAM!

Los escritores son importantes para los nuevos inventos. Elaboran ideas para el nombre del producto, al igual que para las descripciones de su funcionamiento. Sus contribuciones se usan en la publicidad, en Internet y en la envoltura del producto.

Los expertos en mercadeo estudian las estadísticas demográficas para aprender sobre el comportamiento de la gente de diferentes edades, géneros y grupos económicos.

Aquellos que son buenos en matemáticas y estadísticas usan sus destrezas para revisar muchos de los **datos** en las estadísticas demográficas, el estudio de grupos grandes de poblaciones. Se enfocan en aspectos tales como la edad y los hábitos de compra de las personas que puedan estar interesadas en el nuevo producto.

A medida que más compradores compran productos en Internet, se necesitan más personas que trabajen bien con las computadoras. Los programas de software registran información sobre los que visitan el sitio web. Algunos programas también pueden mostrar cuánto tiempo los visitantes se mantuvieron en el sitio y si compraron alguno de los productos.

El mercadeo juega un papel importante para atraer la atención del público a un invento. Sin los esfuerzos de los que trabajan en mercadeo, las grandes invenciones nunca serían descubiertas por la gente que desea tenerlas.

La gente puede ver un anuncio e inmediatamente comprar un artículo desde su teléfono inteligente.

La publicidad, como la de Times Square en la ciudad de Nueva York, se usa para comunicar un mensaje positivo sobre un artículo a la venta.

LA VENTA Y ENTREGA DE PRODUCTOS NUEVOS

Llegamos al punto que el invento que comenzó en la mente de un creador ha sido construido, probado, encontrado seguro, diseñado bellamente y se ha desarrollado una campaña de mercadeo.

Maquinarias automatizadas, un invento del siglo XX, mueven cajas llenas de mercancías en las fábricas.

¡Datos rápidos de STEAM!

Muchos productos nuevos están disponibles a buen precio. Pero no fue siempre así. El primer teléfono celular de Motorola en 1984 costaba casi $4.000. ¡La primera computadora personal de IBM en 1957 costaba $55.000!

Aunque un artículo en la tienda puede llamar la atención, por lo general el precio que está en la etiqueta es lo que influye más en la decisión de adquirlo.

Vender un invento requiere tecnología y matemáticas. Para encontrar los lugares donde mejor vender el producto se usan los datos.

Las matemáticas y las estadísticas se usan para encontrar un precio **razonable** para un artículo. Las compañías quieren ganar dinero, pero no quieren cobrar demasiado y que como resultado las personas no puedan comprar su producto. Los expertos revisan los datos de fijación de precios para determinar cuánto cobrar.

En un futuro no muy lejano, los artículos que compras en línea podrían ser entregados en tu casa por un dron.

La entrega de los artículos también se ha convertido en un área para las personas con educación en *STEAM*. Muchas personas ya compran artículos en línea, y hemos aprendido la importancia de *STEAM* en la creación de sitios web.

Hoy en día dos empresas basadas en Internet, *Amazon* y *Google*, están considerando cambios en la entrega de productos comprados en Internet, enviándolos a tu casa en unas máquinas voladoras controladas remotamente, conocidas como drones.

Los anuncios televisivos y los periódicos todavía se usan para vender productos, pero muchas empresas venden sus productos nuevos a través de las redes sociales o los sitios web.

En este punto es donde aquellos con buenas destrezas de tecnología y comunicación son importantes para poder llegar a las personas interesadas en el producto a través de vías como *Facebook*, *Twitter* e *Instagram*.

Las aplicaciones para tiendas en línea y redes sociales en los teléfonos inteligentes son desarrolladas por personas con destrezas STEAM.